Alianza Cien
pone al alcance de todos
las mejores obras de la literatura
y el pensamiento universales
en condiciones óptimas de calidad y precio
e incita al lector
al conocimiento más completo de un autor,
invitándole a aprovechar
los escasos momentos de ocio
creados por las nuevas formas de vida.

Alianza Cien
es un reto y una ambiciosa iniciativa cultural

IMPRESO EN PAPEL ECOLÓGICO
(EXENTO DE CLORO)

ANTONIO TABUCCHI

Los últimos tres días de Fernando Pessoa

Un delirio

Alianza Editorial

Diseño de cubierta: Ángel Uriarte
Traducción de Javier González Rovira
y Carlos Gumpert Melgosa
Ilustración de cubierta:
Fernando Pessoa, óleo de Julio Pomar
Archivo Grupo Anaya

28 de noviembre de 1935

1

Antes tengo que afeitarme, dijo él, no quiero ir al hospital con esta barba, se lo ruego, vaya a llamar al barbero, vive en la esquina, es el señor Manacés.

Pero es que no hay tiempo, señor Pessoa, replicó la portera, el taxi está ya en la puerta, sus amigos han llegado ya y le están esperando en el recibidor.

No importa, respondió, todavía queda tiempo.

Se arrellanó en la pequeña butaca donde el señor Manacés acostumbraba a afeitarle y se puso a leer las poesías de Sá-Carneiro.

El señor Manacés entró y le dio las buenas noches. Señor Pessoa, dijo, me han dicho que no se encuentra bien, espero que no se trate de nada grave.

Le colocó una toalla alrededor del cuello y empezó a enjabonarlo.

Cuénteme algo, dijo Pessoa, usted, señor Manacés, conoce muchas anécdotas interesantes y ve a mucha gente en su establecimiento, cuénteme algo.

Pessoa se puso un traje oscuro que se había hecho confeccionar recientemente, se anudó la pajarita, se colocó las gafas. No hacía frío, pero afuera estaba lloviendo. Por eso se puso su gabardina amarilla, cogió una pluma y un *bloc* de notas y empezó a bajar las escaleras.

A mitad de las escaleras se encontró con sus amigos Francisco Gouveia y Armando Teixeira Rebelo. Tenían una expresión preocupada y sostenían en las manos sus paraguas goteantes. Te acompañamos, dijeron al unísono. Pessoa esbozó una sonrisa distraída. Sentía un agudo dolor en el costado derecho que le impedía ser cordial. Los dos amigos le ofrecieron el brazo para ayudarle a bajar, pero él no lo aceptó y se sujetó a la baranda. En el vestíbulo vio al señor Moitinho de Almeida, su jefe, que estaba cuchicheando con el taxista. Yo también voy, señor Pessoa, dijo con premura el señor Moitinho de Almeida, prefiero ir yo también, no puedo dejarle marchar así.

No se moleste, señor Moitinho de Almeida, respondió Pessoa con un susurro, ya tengo dos amigos que me acompañan, no se moleste.

Pero el señor Moitinho de Almeida parecía estar decidido, le abrió la puerta delantera, Pessoa entró junto al taxista y sus tres acompañantes se acomodaron en el asiento de atrás.

Mientras iba en el coche, miró largamente por la ventanilla la cúpula de la basílica de la Estrela. Era hermosa, aquella basílica, con su inmensa cúpula barroca y la fachada ornamentada. Era allí, delante mismo, en el jardín, donde muchos años antes se citaba con Ophélia Queiroz, su único gran amor. En el banco del jardín de la Estrela se intercambiaban tímidos besos y solemnes promesas de amarse para siempre.

Pero mi vida ha sido más fuerte que yo y que mi amor, musitó Pessoa, perdóname, Ophélia, pero yo debía escribir, debía sólo escribir, no podía hacer otra cosa, y ahora todo ha concluido.

El taxi pasó frente al Parlamento y después enfiló la Calçada do Combro. En aquella zona había vivido un tiempo, muchos años antes, en una habitación de alquiler. La propietaria era doña Maria das Virtudes, se acordaba perfectamente, era una señora de sesenta años, de abundante pecho y pelo teñido de rubio, que por las noches le invitaba a beber su licor de cerezas y a participar en sus sesiones de espiritismo. Se ponía en contacto con su difunto marido, el brigada Pereira, y mantenía largas conversaciones con él sobre las guerras de África y sobre el precio de los pimientos. Después bebían un vasito de *ginjinha*, comían una guinda y Pessoa se despedía diciendo: buenas noches, doña Maria das Virtudes, y que tenga felices sueños. Se retiraba a su alcoba. En aquellas noches estaba en contacto con Bernardo Soares y escribía en su lugar *El libro del desasosiego*. Se despertaba al amanecer para ver las gradaciones de las luces que cambiaban sobre Lisboa y las anotaba en un pequeño cuaderno forrado en piel que le había mandado su madre desde Sudáfrica.

Cuando llegaron a Rua Luz Soriano les hizo parar un policía. No se puede pasar, dijo el policía, la calle se encuentra ocupada por un acto nacionalista, hay una banda y todas esas cosas, hoy la ciudad está de fiesta.

El señor Moitinho de Almeida se asomó por la ventanilla. Soy el señor Moitinho de Almeida, dijo con autoridad, tenemos que llegar hasta la clínica de São Luís dos Franceses, llevamos a un enfermo.

El policía se quitó la gorra y se rascó la cabeza. Mire, señor, dijo, les permito que hagan un pequeño desvío, es por dirección prohibida, pero dadas las circunstancias pueden hacerlo, giren aquí por la derecha, después cojan a la izquierda y se encontrarán en el Bairro Alto. Pessoa sonrió porque lo había reconocido. Era Coelho Pacheco, un raro heterónimo suyo, uno que había escrito poesía en una única ocasión, creando un poema oscuro y visionario, de estilo neogótico. ¿Qué hacía Coelho Pacheco disfrazado de policía? Quizá lo hubiera mandado el Maestro para que le preparara el buen camino. Pessoa levantó una mano y le hizo una señal esotérica. También Coelho Pacheco le hizo una señal esotérica, y el taxi cogió la primera calle a la derecha.

En la recepción del hospital había una enfermera que cabeceaba. El señor Moitinho de Almeida le habló, preguntó por el médico de guardia, dijo que se trataba de un caso urgente.

Pessoa se sentó en un sillón y empezó a soñar. Veía retazos de su infancia y oía la voz de su abuela Dionísia, que había muerto en un manicomio. Fernando, le decía su abuela, tú serás como yo, de tal palo tal astilla, y durante toda tu vida me tendrás como compañía, porque la vida es una locura y tú sabrás cómo vivir la locura.

Acompáñeme, dijo el médico, y lo cogió del brazo sosteniéndolo. Lo condujo hasta una salita donde había una camilla y un fuerte olor a desinfectante. Desnúdese, ordenó el médico. Pessoa se desnudó. Túmbese, ordenó el médico. Pessoa se tumbó. El médico empezó la revisión, palpándole el cuerpo. Cuando llegó a la altura del hígado, Pessoa emitió un gemido. ¿Desde cuando se encuentra mal?, preguntó el médico. Desde esta tarde, respondió Pessoa. ¿Y qué síntomas ha notado?, preguntó el médico. Fuertes dolores, respondió Pessoa, y un vómito verde.

El médico llamó a la enfermera y le dijo que acomodara al paciente en la habitación número cuatro. Después cogió la hoja de registro y escribió en el parte clínico: «Crisis hepática».

Pessoa saludó a sus amigos. El señor Moitinho de Almeida quería quedarse, pero Pessoa le despidió con amabilidad. A los otros dos les dio un rápido abrazo. Dejadme, queridos amigos, dijo, es posible que esta noche y mañana reciba alguna visita, nos veremos pasado mañana.

La habitación era una alcoba modesta, con una cama de hierro, un armario blanco y una pequeña mesa. Pessoa se metió en la cama, encendió la luz de la mesilla de noche, reclinó la cabeza sobre la almohada y se pasó una mano por el costado derecho. Por fortuna, ahora los dolores se habían atenuado, la enfermera le llevó un vaso de agua y unas gasas, después dijo: perdóneme, pero debo ponerle una inyección, se la ha recetado el médico.

Pessoa pidió una dosis de láudano, que era un somnífero que acostumbraba a tomar cuando, como Bernado Soares, no conseguía coger el sueño. La enfermera se lo llevó y Pessoa se lo bebió. Me llamo Catarina, dijo la enfermera, cuando necesite algo toque el timbre y acudiré inmediatamente.

¿Qué hora es?, preguntó Pessoa.

Es casi medianoche, respondió Álvaro de Campos, la mejor hora para encontrarse contigo, es la hora de los fantasmas.

¿Por qué has venido?, preguntó Pessoa.

Porque si vas a marcharte hay algunas cosas de las que tenemos que hablar, respondió Álvaro de Campos, yo no sobreviviré a tu muerte, partiré contigo, antes de sumergirnos en la oscuridad tenemos que hablar de algunas cosas.

Pessoa se incorporó sobre las almohadas, bebió un trago de agua y preguntó: ¿qué estás tramando?

Querido mío, respondió Álvaro de Campos, noto con placer que no me llamas ingeniero ni me tratas de usted, que te diriges a mí con familiaridad.

Claro, respondió Pessoa, tú has entrado en mi vida, te has sustituido a mí, eres tú quien hizo que acabara mi relación con Ophélia.

Lo hice por tu bien, replicó Álvaro de Campos, aquella muchachita emancipada no le convenía a un hombre de tu edad, ese matrimonio hubiera sido un error. Y además, mira, todas aquellas cartas de amor que le escribiste eran ridículas, creo que todas las cartas de amor son ridículas, en fin, te defendí del ridículo, espero que me estés agradecido.

Yo la amaba, susurró Pessoa.

Con un amor ridículo, replicó Álvaro de Campos.

Sí, claro, es posible, respondió Pessoa, pero ¿y tú?

¿Yo?, dijo Campos. Yo, bueno, a mí me queda la ironía, he escrito un soneto que nunca te he mostrado, habla de un amor que te incomodará, porque está dedicado a un jovencito, un jovencito al que amé y que me amó en Inglaterra, resumiendo, a partir de este soneto nacerá la leyenda de tus amores reprimidos, y algunos críticos se frotarán las manos.

¿Has amado de verdad a alguien?, susurró Pessoa.

He amado verdaderamente a alguien, respondió en voz baja Campos.

Entonces yo te absuelvo, dijo Pessoa, te absuelvo, creía que en tu vida tú sólo habías amado la teoría.

No, dijo Campos acercándose a la cama, también he amado la vida, y si en mis odas futuristas y furibundas nada me he tomado en serio, si en mis poesías nihilistas todo lo he destruido, hasta a mí mismo, has de saber que en mi vida yo también he amado, con consciente dolor.

Pessoa levantó una mano e hizo una señal esotérica. Dijo: te absuelvo, Álvaro, ve con los dioses sempiternos, si tú has tenido amores, si tú has tenido un solo amor, estás absuelto, porque eres un ser humano, es tu humanidad la que te absuelve.

¿Puedo fumar?, preguntó Campos.

Pessoa hizo un gesto afirmativo con la cabeza. Campos sacó del bolsillo una pitillera de plata y cogió un cigarrillo, lo colocó en una larga boquilla de marfil y lo encendió. Sabes, Fernando, dijo, siento nostalgia de cuando era un poeta decadente, de la época en que hice aquel viaje en transatlántico por los mares de Oriente, ah, entonces habría sido capaz de escribir versos a la luna, y, te lo aseguro, por la noche, en la cubierta, cuando había bailes a bordo, la luna era tan plenamente escenográfica, tan plenamente mía. Pero en aquel tiempo yo era un estúpido, ironizaba sobre la vida, no sabía gozar de la vida que me había sido concedida, y así perdí la oportunidad, y mi vida se ha disipado.

¿Y después?, preguntó Pessoa.

Después empecé a querer descifrar la realidad, como si la realidad fuera descifrable, y llegó la desazón. Y con la desazón, el nihilismo, después ya no he creído en nada, ni siquiera en mí mismo. Y hoy estoy aquí, en el cabecero de tu cama, como un trapo inútil, he hecho las maletas para ir a ninguna parte, y mi corazón es un recipiente vacío. Campos fue hacia la mesa y aplastó la colilla en un platito de porcelana. Bien, querido Fernando, dijo, necesitaba decirte estas cosas ahora que quizás estemos a punto de separarnos, tengo que irme, vendrán también los otros a verte, lo sé, y a ti ya no te queda demasiado tiempo, adiós.

Campos se puso la capa sobre los hombros, se ajustó el monóculo en el ojo derecho, hizo un rápido gesto de despedida con la mano, abrió la puerta, se paró un instante y repitió: adiós, Fernando. Y después susurró: tal vez no todas las cartas de amor sean ridículas. Y cerró la puerta.

3

¿Qué hora era? Pessoa no lo sabía. ¿Era de noche? ¿Había llegado ya el día? Vino la enfermera y le puso otra inyección. Pessoa ya no notaba el dolor en el costado derecho. Ahora se encontraba en una paz extraña, como si una niebla hubiera descendido sobre él.

Los otros, pensó, ahora vendrían los otros. Naturalmente, quería saludarlos a todos antes de marcharse. Pero un encuentro le tenía preocupado, el encuentro con el Maestro Caeiro. Porque Caeiro venía desde el Ribatejo y tenía una salud delicada. ¿Cómo vendría a Lisboa, tal vez en calesa? Es verdad que Caeiro ya estaba muerto, pero todavía estaba vivo, permanecería eternamente vivo en aquella casa encalada del Ribatejo desde donde contemplaba con ojo implacable el transcurrir de las estaciones, la lluvia invernal y la canícula del verano.

Oyó que llamaban a la puerta y dijo: adelante.

Alberto Caeiro llevaba una chaqueta de pana con el cuello de piel. Era un hombre del campo y se veía en sus ropas.

Ave, Maestro, dijo Pessoa, morituri te salutant. Caeiro se acercó al pie de la cama y se cruzó de brazos. Mi querido Pessoa, dijo, he venido para decirle una cosa, ¿me permite que le haga una confesión?

Se lo permito, replicó Pessoa.

Pues bien, dijo Caeiro, cuando a usted, durante las noches, le despertaba un Maestro desconocido que le dictaba sus versos, que le hablaba del alma, pues bien, ha de saber que ese maestro era yo, era yo quien se ponía en contacto con usted desde el Más Allá.

Lo suponía, mi amado Maestro, dijo Pessoa, suponía que se trataba de usted.

Sin embargo, tengo que pedirle disculpas por haberle provocado tantos insomnios, dijo Caeiro, noches y noches en que usted no ha dormido y ha permanecido escribiendo como si estuviera en trance, yo siento remordimientos por haberle causado tantas molestias, por haber ocupado su alma.

Usted ha contribuido a mi obra, respondió Pessoa, usted ha guiado mi mano, me ha provocado insomnios, es verdad, pero para mí han sido noches fecundas, porque ha sido durante la noche cuando ha nacido mi obra literaria, la mía es una obra nocturna.

Caeiro se quitó la chaqueta y la colgó del respaldo de la cama. Pero no es ésta la única cosa que quería decirle, susurró, hay un secreto que quisiera confesarle antes de que las distancias interestelares nos separen, pero no sé cómo decírselo.

Pues dígamelo con toda normalidad, dijo Pessoa, como me diría cualquier otra cosa.

Verá, respondió Caeiro, yo soy su padre. Hizo una pausa, se alisó sus escasos cabellos rubios y continuó: yo he desempeñado el papel de su padre, de su verdadero padre, Joaquim de Seabra Pessoa, que murió de tisis cuando usted era un niño. Pues bien, yo he ocupado su lugar.

Pessoa sonrió. Lo sabía, dijo, siempre le he considerado mi padre, incluso en mis sueños ha sido usted siempre mi padre, no tiene nada que reprocharse, Maestro, créame, para mí usted ha sido un padre, aquel que me ha dado la vida interior.

Y sin embargo, yo siempre he llevado una existencia sencilla, replicó Caeiro, he vivido brevemente en una casa de campo en compañía de una tía abuela, he hablado sólo del tiempo que pasa, de las estaciones, de los rebaños.

Sí, confirmó Pessoa, pero para mí usted ha sido un ojo y una voz, un ojo que describe, una voz que enseña a los discípulos, como Milarepa o Sócrates.

Yo soy un hombre casi sin instrucción, dijo Caeiro, he tenido una vida muy sencilla, se lo repito, en cambio usted ha tenido una vida intensa, ha asumido las vanguardias europeas, ha inventado el Sensacionismo y el Interseccionismo, ha sido asiduo de los cafés literarios de la capital, mientras yo pasaba mis veladas haciendo solitarios con las cartas a la luz de una lámpara de petróleo, ¿cómo es posible que me haya convertido en su padre y su Maestro?

La vida es indescifrable, respondió Pessoa, nunca hay que preguntar, nunca hay que creer, todo está oculto.

Sí, continuó Caeiro, pero insisto, ¿cómo es posible que me haya convertido en su padre y su Maestro?

Pessoa se incorporó sobre las almohadas.

Respiraba con dificultad y la habitación ondulaba ante sus ojos. Verá, querido Caeiro, respondió, el hecho es que yo necesitaba un guía y un coagulante, no sé si me explico, de otro modo mi vida se hubiera hecho mil pedazos, gracias a usted he encontrado una cohesión, en realidad soy yo quien le eligió a usted como padre y Maestro.

Entonces le voy a dar un regalo que le he traído, dijo Caeiro, son unos pocos versos escritos en prosa, que jamás publicaré, ahora que usted me abandona se los diré de viva voz, son el testimonio de mi afecto por usted. Caeiro sacó una hoja del bolsillo, acercó el papel a sus ojos, porque era miope, y leyó: En estos largos años siempre he contemplado la luna, pero con la mirada nítida he seguido a mi hijo y discípulo, para que mi mirada pudiera ser su mirada, para que la colina que traza mi horizonte pudiera ser su horizonte modesto y magnífico.

Es un poema bellísimo, dijo Pessoa, se lo agradezco, Maestro Caeiro, me lo llevaré conmigo al Más Allá.

Usted ha escrito tantas poesías por mí, continuó Alberto Caeiro, yo también quería despedirle con el homenaje de una persona que siempre le ha admirado.

Pessoa cerró los ojos por un instante. Cuando volvió a abrirlos la habitación estaba desierta. Tocó el timbre para llamar a la enfermera. ¿Qué día es hoy?, preguntó.

Es la noche del veintiocho de noviembre de mil novecientos treinta y cinco, respondió la enfermera. ¿Necesita alguna cosa?

No, gracias, respondió Pessoa, sólo necesito descansar.

29 de noviembre de 1935

1

Pessoa oyó que llamaban a la puerta y dijo: adelante. La puerta se entreabrió, pero no entró nadie. ¿Puedo entrar?, preguntó una voz trémula.

Pase, por favor, dijo Pessoa, adelante.

Un hombre se asomó a la puerta y la cerró con delicadeza tras de sí. Pessoa no lo reconoció y preguntó: ¿quién es usted, si hace el favor?

Soy Ricardo Reis, respondió el hombre entrando en la habitación, he vuelto de mi Brasil imaginario.

Hace tantos años que no nos veíamos, dijo Pessoa, demasiados años, perdóneme, pero ha cambiado usted mucho, ya no le reconozco.

Ricardo Reis cogió una silla y se acercó a la

cama. Si me disculpa me voy a sentar, dijo, es que he hecho un viaje en transbordador y me mareo en barco, he tenido náuseas y no me encuentro demasiado bien.

Pero, ¿dónde se había escondido?, preguntó Pessoa, ¿en qué parte de Brasil estaba, que no pude ponerme en contacto con usted?

Ricardo Reis se sonó la nariz. Tengo que confesarle algo, mi querido Pessoa, murmuró, nunca fui a Brasil, se lo he hecho creer a todo el mundo, incluso a usted, en realidad estaba aquí en Portugal, escondido en un pequeño pueblecito.

Pessoa intentó incorporarse sobre las almohadas y preguntó: ¿y dónde estaba usted?

Ricardo Reis bajó la voz como si alguien, además de Pessoa, pudiera escucharlo. En Azeitão, murmuró, estaba en Azeitão.

Azeitão... Azeitão..., respondió Pessoa, el nombre me suena de algo, me recuerda un queso.

Claro, dijo con orgullo Ricardo Reis, el queso de Azeitão, Vila Nogueira de Azeitão, es un pueblecito a pocos kilómetros de Lisboa, justo después del Tajo, donde empieza el Alentejo. Ricardo Reis se sonó la nariz de nuevo y tosió. Me escondí allí, continuó, en una pequeña propiedad de unos amigos, he pasado todos estos años en una casa de campo, frente a la casa hay una morera centenaria y bajo aquella morera escribí todas mis odas pindáricas y mis poemas horacianos.

¿Y cómo se las arregló para sobrevivir?, preguntó Pessoa, ¿dónde trabajaba?

Bueno, respondió Ricardo Reis, a un médico le resulta fácil sobrevivir, basta con ejercer de médico, y yo ejercía de médico de pueblo, tenía pacientes por toda la Serra da Arrabida.

¿Y utilizaba su verdadero nombre?, preguntó Pessoa.

Pues claro, confirmó Ricardo Reis, tenía un letrero en la puerta donde estaba escrito «Ricardo Reis, médico», y todo el pueblo conocía mi nombre.

Y, sin embargo, usted era monárquico, dijo Pessoa, estaba en contra de la república, por eso dijo que se iba exiliado a Brasil.

Ricardo Reis sonrió con una sonrisa tímida y cohibida. Era una impostura, respondió, ¿sabe usted?, a mí me convenía que un poeta sensista y neoclásico rechazara la república y la vulgaridad de los republicanos, siempre deseé un César, un gran emperador como Marco

Aurelio que pudiera apreciar mis versos, entre los republicanos no había gente preparada, eran unos presuntuosos que sólo habían leído a Auguste Comte, ¿cómo iban a apreciar a Horacio y Píndaro?

Le comprendo, dijo Pessoa suspirando. Se hizo un largo silencio. Se escucharon unos pasos en el corredor y alguien pasó frente a la habitación, pero nadie entró a molestarlos.

¿Y qué más?, preguntó Pessoa.

Pues, verá, respondió Ricardo Reis, quería decirle algo, quería revelarle mi secreto, ¿sabe?, he vivido una vida de estoico, aunque fuera en Azeitão.

La vida de estoico puede vivirse en cualquier parte, respondió Pessoa.

Me dediqué a trenzar coronas de flores, dijo Ricardo Reis.

¿Qué quiere decir?, preguntó Pessoa.

Pues eso, respondió Ricardo Reis, en todos mis poemas he trenzado coronas de flores para Neera y Lidia y ahora trenzo coronas de flores para su viaje, para cuando nos volvamos a ver después de haber cruzado la gélida Estigia.

Acepto su corona de flores ideal, mi querido Ricardo Reis, dijo Pessoa, se lo ruego, continúe viviendo en su pueblo y siga escribiendo sus odas pindáricas aunque sea sin mí, estoy muy contento de que me haya puesto al corriente de su secreto, pero créame, siempre lo he sabido.

¿De verdad?, preguntó con estupor Ricardo Reis.

De verdad, respondió Pessoa, no he ido nunca a visitarle a Azeitão ya que, por principio, nunca he abandonado Lisboa, porque, por principio, nunca he querido viajar, pero siempre he sabido que vivía usted aquí, a dos pasos, y me lo ha confirmado un amigo que escribe cosas afectuosas sobre mis poemas.

Ricardo Reis se levantó. Entonces ya puedo decirle adiós, dijo.

Yo también me despido, respondió Pessoa, me despido de usted y le invito a escribir sus poemas incluso después de que me haya marchado.

Pero entonces serán poemas apócrifos, replicó Ricardo Reis.

No importa, dijo Pessoa, los apócrifos no dañan a la poesía, y mi obra es tan vasta que puede incluso tolerar los apócrifos, hasta pronto, mi querido Ricardo Reis, nos veremos más allá del negro río que rodea el Averno.

Pessoa reclinó la cabeza sobre la almohada y se quedó dormido. Si por un instante o por unas horas, no habría sabido decirlo.

2

Pessoa se despertó, encendió la luz de la pequeña lámpara y buscó su reloj sobre la mesilla de noche. El reloj marcaba las tres, pero se había parado. Pessoa se dio cuenta de que había perdido la noción del tiempo. Pensó en tocar el timbre, pero renunció a ello porque precisamente en ese momento oyó que llamaban a la puerta.

¿Puedo entrar, señor Pessoa?, preguntó una voz.

Pessoa dijo adelante y entró un hombre. Llevaba una bandeja en las manos, se detuvo en la puerta, pero Pessoa, sin gafas y en la penumbra de la habitación, no pudo reconocerlo.

¿Quién es usted?, preguntó Pessoa.

Soy su amigo Bernardo Soares, respondió el hombre, he sabido que estaba en el hospital y me he tomado la libertad de venir a visitarlo.

Bernardo Soares se acercó a la cama y depositó la bandeja sobre la mesilla de noche. Le he traído la cena, dijo, la he comprado en el restaurante donde quedábamos siempre, he pensado que quizá tendría ganas de una cena como en los viejos tiempos, me he tomado la libertad de escoger yo mismo el menú.

En realidad no tengo mucha hambre, respondió Pessoa, pero para complacerle comeré algo, ¿qué me ha traído?

Incorpórese y le pondré la bandeja delante, respondió Bernardo Soares, son platos tradicionales de nuestra cocina, cosas sencillas y exquisitas.

Pessoa se incorporó, se colocó alrededor del cuello una servilleta inmaculada que Bernardo Soares le proporcionó y levantó las tapas de metal que cubrían los platos.

Aquí tiene un *caldo verde*, dijo Bernardo Soares, su sopa preferida, estoy seguro de que le gustará, y también hay callos al estilo de Oporto, se los he traído porque una vez se los sirvieron fríos, como un amor frío, y usted lo escribió en uno de sus poemas, pero yo quería que los probara calientes, mire, todavía están humeantes, están recién sacados del fuego.

Pessoa sonrió. Tengo una crisis hepática, y quizá los callos no sean el plato que más me convenga, pero probaré un poquito por cortesía, todavía me acuerdo de cuando me los sirvieron fríos, pero, ¿sabe una cosa?, querido Soares, en aquel momento no era yo, en mi lugar estaba Álvaro de Campos.

Pessoa acabó de tomarse la sopa y probó un callo. Están exquisitos, dijo, pero se lo ruego, señor Soares, cómaselos usted, estoy seguro de que hoy no ha comido.

En efecto, no he comido, respondió Bernardo Soares, no podía permitirme el lujo de pagar dos comidas, he pagado sólo la suya, de manera que me los tomaré de buena gana.

Bernardo Soares se puso la bandeja delante y se comió con gusto los callos. Esto me hace sentir nostalgia por nuestras veladas, cuando cenábamos juntos en el restaurante «Pessoa», dijo, estoy seguro que usted eligió aquel restaurante porque tenía su mismo nombre, en realidad es un restaurante bastante modesto al que nunca iría una persona como usted.

Eso no es exacto, replicó Pessoa, a mí me gustan los restaurantes modestos, siempre he llevado una vida modesta, pero cambiando de tema, dígame, ¿todavía piensa en Samarcanda?

He aprendido un poco de uzbeko, dijo Bernardo Soares, por diversión, aunque nunca podré ir a Samarcanda, pero el hecho de conocer la lengua de aquellas tierras hace que me sienta más cerca de la ciudad con la que he soñado toda mi vida.

¿Y su patrón, el señor Vasques?, preguntó Pessoa.

Oh, respondió Bernardo Soares, es una bellísima persona, es una persona sin metafísica, como diría usted, pero es una persona amable, incluso me prestó una casa de campo donde pasé una semana de vacaciones.

¿Dónde?, preguntó Pessoa.

En Cascais, respondió Bernardo Soares, en la carretera que lleva hasta el Guincho.

Cascais, dijo Pessoa, Cascais, qué hermoso lugar, también yo pasé allí algunos días, no más de dos semanas, es la primera vez que se lo cuento a alguien y se lo confieso con mucho gusto a usted, que es amigo mío, mi querido Soares, fui a que me visitaran en la clínica psiquiátrica de Cascais, fue allí donde conocí a António Mora, el filósofo panteísta, y tengo que admitir que en aquella pequeña ciudad pasé los días más serenos de mi vida, porque una ola negra se había precipitado sobre mí, arrastrándome consigo, y yo sólo tenía ganas de morir, y en cambio conocí a António Mora y él me dio confianza en la Naturaleza.

¿António Mora?, preguntó Bernardo Soares, no me lo había mencionado nunca, me gustaría saber algo sobre él.

Bueno, dijo Pessoa, António Mora está loco, al menos oficialmente loco. Pero es un loco lúcido, que ha razonado mucho a propósito del paganismo y del cristianismo. Le diré una cosa, se viste con una túnica, como se usaba entre los antiguos romanos, una túnica blanca que le llega hasta los pies, lleva sandalias a la manera antigua y raras veces habla, pero conmigo habló.

¿Y qué le dijo?, preguntó Bernardo Soares.

Me dijo muchas cosas, respondió Pessoa. Me dijo en primer lugar que los dioses volverán, porque toda esta historia del alma única y de un solo dios es algo pasajero que está a punto de terminar dentro de los breves ciclos de la historia. Y cuando los dioses vuelvan los hombres perderemos esta unicidad del alma, y nuestra alma podrá ser de nuevo plural, como quiere la Naturaleza.

Escuche, Pessoa, dijo Bernardo Soares cambiando de tema, en este último año he sufrido mucho de insomnio y todas las mañanas, al amanecer, me hallaba en la ventaba para espiar las gradaciones de la luz sobre la ciudad, he descrito muchos amaneceres sobre Lisboa y estoy orgulloso de ello, es difícil escribir acerca de los tonos de luz pero creo que lo he conseguido, he hecho pinturas con palabras.

¿Como Hopkins?, preguntó Pessoa.

Sí, respondió Bernardo Soares, pero la idea me la dio el diario de Keats, sin contar además con toda la teoría del *Word-painting* de Ruskin, que no por casualidad fue el paladín de Turner, en fin, que he usado las palabras como si fueran pinceles que pintan una tela, y mi paleta eran las albas y los ocasos de Lisboa.

También los ocasos de Cascais son hermosos, dijo Pessoa.

Precisamente de eso quería hablar con usted, continuó Bernardo Soares, en Cascais tuve una experiencia estética y la describí en mi *Libro del desasosiego*.

Cuéntemela, dijo Pessoa.

Verá, dijo Bernardo Soares, el hecho es que mi patrón, el señor Vasques, tenía a su disposición una villa junto al mar que le había proporcionado su empresa, la Vasques & Módica, de modo que tuvo la generosidad de dejarme pasar algunos días en aquella villa, incluso hizo que me llevara su chófer, viví solo durante una semana en un caserón de treinta habitaciones, oh, fue extraordinario.

Cuéntemelo con todo detalle, insistió Pessoa.

Salimos una clara mañana de sol, dijo Bernardo Soares, hacía frío, pero el día era espléndido. Me llevé conmigo a Sebastião, el papagayo del carbonero de la esquina, usted ya le conoce, es un papagayo que sabe decir algunas palabras, incluso frases enteras, así que pensé que podía hacerme compañía. La casa posee una magnífica terraza con vistas al océano, allí coloqué la percha de Sebastião, pero le desaté la cadenilla, le dejé libre. Durante el día iba a posarse en los árboles del parque y al atardecer regresaba a su percha, a esa hora precisamente yo solía hallarme en la terraza haciendo mis pinturas con palabras, y así, mientras escribía, hablaba con Sebastião y le enseñaba algunos de sus versos, los primeros versos de *Tabaquería*, «no soy nada, nunca seré nada, no puedo querer ser nada». Él se los aprendió enseguida, y así conversábamos, yo describía la puesta del sol sobre las rocas y sobre el

Océano y decía: venga, Sebastião. Y él repetía los versos de *Tabaquería*, mientras yo describía la tenue luz rosada, las nubes violáceas en el horizonte, en la hora que nos lleva a la nostalgia.

Resulta gracioso, dijo Pessoa, he escrito para los hombres del mundo y sólo un papagayo sabe recitar mis versos.

No diga eso, replicó Bernardo Soares, llegará un día en el que todos los hombres de alma grande sabrán sus versos de memoria, en todas las lenguas, y además, mire, Sebastião tiene un alma humana, no es un papagayo, es un oráculo, estoy seguro de que en él revive el espíritu de una Sibila, predice el futuro, lo noto.

¿Qué más me cuenta?, preguntó Pessoa.

Pues que fueron unos días maravillosos. Dentro de la casa las cosas no resultaban fáciles porque no había calefacción y además sólo tenía lámparas de petróleo, y por la noche, especialmente por la noche, sentía una gran melancolía. Pero hice amistad con una persona exquisita, con el señor Don Pedro de Cascais, es un caballero soltero que es director de banco, una persona capaz de conversar sobre los más variados temas, le apasionan sobre todo las corridas de toros a la portuguesa y me llevó a ver una; yo, al principio rechacé su invitación temiéndome un espectáculo cruento, pero tuve que retractarme porque el espectáculo no resulta en absoluto cruento, al toro no lo matan, ¿sabe, querido Pessoa?, el torero hace un gesto simbólico con el brazo, después de haber embriagado a la bestia con su danza, y en ese momento entra en el ruedo una manada de cabestros que recoge al toro y se lo lleva; tendría usted que ver la elegancia de los jinetes vestidos con trajes dieciochescos, los jaeces de los caballos y sus cabriolas alrededor del toro, en fin, un espectáculo inolvidable. Pero no quisiera aburrirle.

Siga con su relato, solicitó Pessoa.

Bien, dijo Bernardo Soares, una noche el señor Don Pedro me invitó a cenar. Vino a recogerme en coche. Tiene un Chevrolet negro con todos los metales cromados, como el que Álvaro de Campos conducía por la carretera de Sintra, era una noche de ventisca y las ramas del parque crujían, yo me había puesto el traje de los domingos, el señor Don Pedro llevaba una chaqueta de estilo inglés, le voy a llevar al mejor restaurante de Cascais, me dijo, desde la terraza se domina todo el pueblo, así podrá describir la bahía con todas las luces y las barcas de los pescadores. Créame, querido Pessoa, era un restaurante magnífico, en mi vida había visto otro igual, cuando llegamos el *maître* salió a recibirnos y nos ofreció auténtico *champagne* francés y ostras, sabe usted, querido Pessoa, yo no había comido ostras en toda mi vida, usted sí, usted ya las conoce, las habrá comido en el Tavares o en la Brasileira do Chiado, son exquisitas, es como sorber el mar, fíjese que llegué incluso a pensar en escribir un breve texto sobre el gusto y el olfato, yo que escribo solamente textos acerca de la vida, y después el señor Don Pedro dijo al *maître*: tráiganos *lagosta suada*, pero lo dijo en francés, *homard sué*, al estilo de Peniche, y mire, yo no había probado el marisco en toda mi vida, pero el señor Don Pedro me describió la receta y se la quiero contar para que cuando se encuentre mejor haga que se la cocine su hermana. Se requiere mantequilla, tres cebollas, tomates, y un poco de ajo, aceite, vino blanco, un poco de aguardiente añejo, de ese que a usted tanto le gusta, dos copas de oporto seco, un poco de guindilla, pimienta y nuez moscada. Primero se cuece la langosta al vapor, pero poco. Y después se añaden los ingredientes que le he dicho y se mete todo en el horno. Por qué se llama «sudada» no lo sé, quizá porque produce un caldillo sabrosísimo. Así la preparan nuestros pescadores de Peniche, que son unos expertos, y yo nunca había probado un manjar semejante. Y después el señor Don Pedro me invitó a un oporto exquisito y salimos a tomárnoslo a la terraza, a nuestros pies brillaban las luces de la bahía de Cascais, ah, querido Pessoa, era hermosísimo, el señor Don Pedro hablaba de sus viajes a Sevilla, yo le hablé del viaje a Samarcanda con el que siempre he soñado y me ofrecí para prestarle mi manual de uzbeko. Él sonrió amablemente y dijo: Samarcanda, qué gran idea, señor Bernardo Soares, pero yo no saldré nunca de la Península Ibérica, me basta con el poco español que sé y con un poco de inglés para cuando vienen mis amigos de Londres y les llevo a jugar al billar a la Casa del Alentejo de Lisboa. Después las luces del paseo marítimo se apagaron como por encanto, en la bahía quedaron apenas unas lucecitas aquí y allá, eran las luces de los pesqueros, y el señor Don Pedro me dijo: señor Bernardo Soares, le llevo de vuelta a casa. Durante el trayecto estuve hablando de los amaneceres y de las puestas de sol, me sentía eufórico y pensé: voy a escribir un capítulo eufórico en mi diario disfórico. El señor Don Pedro se mostró muy discreto y no interrumpió mi perorata. Descendí frente a los árboles del parque agitados por el viento y le dije: gracias, señor Don Pedro, he pasado una de las mejores veladas de mi vida. Y él me respondió: soy yo quien le da las gracias, querido Bernardo Soares, sería un honor para mí ser de los primeros en leer su diario, y no olvide que soy un gran admirador de Fernando Pessoa, dígaselo de mi parte, él no se deja ver nunca por nadie y a mí me resulta imposible decírselo. Y así se lo digo yo, querido Fernando Pessoa, le transmito los saludos y la admiración del señor Don Pedro.

Gracias, dijo Fernando Pessoa con una sonrisa cansada.

Bernardo Soares le colocó las sábanas sobre el pecho. Señor Pessoa, dijo, temo haberle fatigado con toda mi charlatanería, discúlpeme, tal vez haya sido inoportuno.

En absoluto, respondió Pessoa quejumbrosamente, ha sido un placer hablar con usted, pero creo que tengo que recibir otra visita, una persona a la que en los últimos tiempos he desatendido un poco, gracias, querido Soares, le deseo lo mejor para su *Libro del desasosiego*.

30 de noviembre de 1935

1

El hombre que entró era un anciano venerable de noble figura, con una enorme barba blanca y una túnica romana, blanca también, que le llegaba hasta los pies.

Ave, oh, cofrade, dijo el anciano, me tomo la libertad de entrar en tus sueños.

Pessoa encendió la luz de la mesilla. Miró al anciano y reconoció a António Mora. Le hizo un gesto para que se acercara.

Mora alzó una mano y dijo: Phlebas el fenicio, muerto hace quince días, olvidó el clamor de las gaviotas y el hincharse del hondo mar para hablarme de tu suerte, oh, gran Fernando. Sé que te aguardan las aguas del Aqueronte y después el torbellino furibundo de los átomos en los cuales todo se dispersa y todo se recrea, y tú quizá retornes a los jardines de

Lisboa como flor que florece en abril, o tal vez en forma de lluvia sobre los lagos y sobre las lagunas de Portugal, y yo, mientras pasee, escucharé tu voz traspasada por el viento.

Pessoa se incorporó apoyándose en los codos. El dolor del costado derecho había pasado, ahora sentía únicamente un gran cansancio. ¿Y *El retorno de los dioses?*, preguntó.

El libro está casi acabado, respondió António Mora, pero no sé si podré publicarlo, porque nadie se atreve a publicar los libros de un loco.

Escuche, dijo Pessoa, cuénteme cómo le van las cosas en la clínica psiquiátrica de Cascais, nos vimos tan brevemente...

Como usted ya sabe, respondió António Mora, el diagnóstico que recibí fue de paranoia con psiconeurosis intercurrente, pero por suerte me queda el doctor Gama, a quien le gusta escucharme, es una persona muy amable, él también cree en el retorno de los dioses, y sostiene que la locura es una condición inventada por los hombres para marginar a las personas que molestan a la sociedad. Y yo causo molestias a la sociedad católica, a la Iglesia, porque predico el retorno de los dioses, sólo usted podría ayudarme, oh, gran Pessoa, pero ahora está usted a punto de pasar el Aqueronte y yo me encontraré de nuevo solo, en un asilo de alienados, sin nadie que pueda publicar mis escritos.

Pessoa sonrió, reclinó la cabeza sobre la almohada e hizo un gesto tranquilizador. Querido António Mora, dijo, todos los escritos que me entregó aquel día en que nos vimos en la clínica de Cascais los he conservado en un baúl. Ahora es un baúl repleto de gente, porque los personajes a duras penas caben dentro, pero su *Retorno de los dioses* no se perderá, algún día lo descubrirán nuestros sucesores, es más, visto que hoy poseo dotes adivinatorias, puedo decirle que lo descubrirá un gran crítico, un hombre de honda sensibilidad y cultura que se llama Coelho.

¿Como Coelho Pacheco?, preguntó António Mora.

Distinto, respondió Pessoa, muy distinto. Un hombre que no escribe poesías sino que se dedica a la investigación, un hombre tenaz que sabrá descifrar mi caligrafía y la suya, un hombre de gran valor que hará que nos conozcan en el mundo.

¿En qué parte del mundo?, preguntó António Mora.

En el mundo, respondió Pessoa.

António Mora dio un paso hacia adelante e hizo una reverencia. ¿Y de usted?, querido Pessoa, ¿de usted qué me cuenta?, ¿qué tal acabó su estancia en la clínica psiquiátrica de Cascais? Me sorprende no haber vuelto a verle, ¿le tuvieron aislado, quizá?

Pessoa suspiró. No llegué a ingresar, dijo, se lo confieso, no llegué a ingresar. Preferí pasar algunas semanas en una casa que da a la bahía, en Rúa do Saudade, con una señora que me tomó a su cuidado, esta señora es viuda, vive con sus dos hijas, dos muchachitas amabilísimas, y ella me preparaba unas comidas y unas cenas que no me entretendré en describirle, aunque, ¿por qué no?, se las voy a describir, querido António Mora, imagínese que para comer tenía siempre pescado al horno o a la parrilla acompañado de un vino blanco de Colares, y por la noche, bueno, por la noche la cena era un auténtico banquete, había siempre una *sopa alentejana* o un *caldo verde,* y después, imagínese, bacalao al horno, *pescadinhas de rabo na boca* y otros manjares exquisitos, y además me habían dado una habitación con vistas a la bahía, un antiguo salón que había sido transformado en dormitorio para la ocasión, con chimenea y todo, por la noche me quedaba allí, en la terraza, contemplando la bahía de Cascais y de Estoril, y escuchaba en la radio música de baile o viejas canciones de Coimbra, y me sentía feliz.

¿Y cómo se llama esa señora?, preguntó António Mora.

Su nombre no tiene importancia, respondió Pessoa.

Le envidio, dijo António Mora, le envidio de verdad, usted ha tenido momentos felices, y, dígame, ¿consiguió curarse?

Bueno, dijo Pessoa, en aquel momento una ola negra se había abatido sobre mi cabeza, ¿sabe?, ya no sabía qué hacer, si considerarme demente o si tirarme al Tajo, necesitaba una familia, alguien que se ocupara de mí, que me tratara con afecto y dulzura, y en aquella familia encontré un hogar, y además, cuando me quedaba solo, porque en ocasiones me quedaba solo en casa, había un perro, un hermoso perro negro que se llamaba Jó, un chucho inteligentísimo al que le leía mis poesías esotéricas, aquel perro, estoy seguro, era la reencarnación de alguna divinidad del antiguo Egipto, rascaba el suelo con la pata y me dictaba el ritmo del verso, y con aquella métrica animal y divina yo medía la cadencia de mis poesías, transformándolas en música. Después salía a sentarme a la terraza y contemplaba la bahía, contemplaba las barcas de los pescadores que volvían al oscurecer, oía las voces de los marineros que se llamaban alegremente unos a otros, respiraba el olor de la brea y de las redes de pesca, y todo era bello y antiguo, y así fue como me curé, me olvidé de la muerte y comencé de nuevo a vivir.

Yo también he olvidado la muerte, dijo António Mora, porque leí al paternal Lucrecio, que enseña el retorno de la vida al Orden de la Naturaleza, y comprendí que todos los átomos que nos componen, estas partículas infinitesimales que son nuestro cuerpo de ahora, volverán después al ciclo eterno y serán agua, tierra, fértiles flores, plantas, la luz que da la vista, la lluvia que nos empapa, el viento que nos azota, la nieve cándida que nos envuelve con su manto en invierno. Todos nosotros nos encontraremos de nuevo aquí sobre la tierra, oh gran Pessoa, en las innumerables formas que quiera la Naturaleza, y tal vez seamos un perro llamado Jó, una brizna de hierba o los tobillos de una joven inglesa que contempla sorprendida una plaza de Lisboa. Pero todavía es pronto para partir, se lo ruego, quédese con nosotros un poco más como Fernando Pessoa.

Pessoa apoyó una mejilla sobre la almohada y esbozó una sonrisa cansada. Querido António Mora, dijo, Proserpina me quiere en su reino, es hora de partir, es hora de dejar este teatro de imágenes que llamamos nuestra vida, si supiera las cosas que he visto con los anteojos del alma, he visto los contrafuertes de Orión, allí arriba en el espacio infinito, he caminado con estos pies terrestres por la Cruz del Sur, he atravesado noches infinitas como un cometa luciente, los espacios interestelares de la imaginación, la voluptuosidad y el miedo, y he sido hombre, mujer, anciano, niña, he sido las multitudes de las grandes avenidas de las capitales de Occidente, he sido el plácido Buda de Oriente de quien envidiamos la calma y la sabiduría, he sido yo mismo y los otros, todos los otros que podía ser, he conocido honores y deshonores, entusiasmos y desalientos, he cruzado ríos e inaccesibles montañas, he mirado plácidos rebaños y he recibido en la cabeza el sol y la lluvia, he sido una hembra en celo, he sido el gato que juega en la calle, he sido el sol y la luna, y todo porque la vida no basta. Pero ahora basta, mi querido António Mora, vivir mi vida ha sido vivir miles de vidas, estoy cansado, mi vela se ha consumido, se lo ruego, deme mis gafas.

António Mora se ajustó la túnica. Prometeo se abría camino en él. Oh, cielo divino, exclamó, vientos de alas rápidas, fuentes de los ríos, innúmera sonrisa de las olas del mar, tierra, madre universal, os invoco, y al globo del sol que todo lo ve, ved el trato que recibo.

Pessoa suspiró. António Mora cogió las gafas de la mesilla y se las colocó. Pessoa abrió los ojos de par en par y sus manos se posaron sobre las sábanas. Eran exactamente las ocho y media de la tarde.

Los personajes
que comparecen en este libro

El señor Manacés

tenía una barbería en la esquina de la Rua
Coelho da Rocha, donde Pessoa vivió desde
1920 hasta 1935. Afeitó a Pessoa durante
quince años.

Carlos Eugénio Moitinho de Almeida

(Lisboa, 1885-1961) era propietario de una
de las empresas de exportación e importación
para las que Pessoa escribía y traducía cartas
comerciales. Buen amigo del poeta, estuvo a
su lado en los momentos más difíciles de su
vida.

Coelho Pacheco

Nada sabemos de la vida de Coelho Pacheco. De él conocemos solamente un largo poema, *Mas allá de otro océano*, dedicado a Alberto Caeiro. Es un poema oscuro y visionario que parece un flujo de conciencia y que antecede a las experiencias del automatismo psíquico.

Fernando Pessoa

Fernando António Nogueira Pessoa nació el 13 de junio de 1888 en Lisboa, hijo de Madalena Pinheiro Nogueira y Joaquim de Seabra Pessoa, crítico musical de un periódico de la ciudad. Cuando tenía cinco años murió su padre, enfermo de tuberculosis. Su abuela paterna, la señora Dionísia, sufría de una grave forma de locura y murió en un manicomio. En 1895 se trasladó a Sudáfrica, a Durban, porque su madre se había vuelto a casar con el cónsul portugués en Sudáfrica. Hizo todos sus estudios en lengua inglesa. Volvió a Portugal para matricularse en la universidad, pero no continuó los estudios. Vivió siempre en Lisboa. El ocho de marzo de 1914 apareció su primer heterónimo, Alberto Caeiro. Le siguieron Ricardo Reis y Álvaro de Campos. Los heterónimos eran «otros yoes», voces que hablaban en él y que tuvieron una vida autónoma y una biografía. Inventó todas las vanguardias portuguesas. Vivió siempre en modestas pensiones o en habitaciones alquiladas. En su vida conoció un único amor, Ophélia Queiroz, empleada como dactilógrafa en la empresa de exportación e importación en la que él trabajaba. Fue un amor intenso y breve. En vida publicó solamente en revistas. El único volumen publicado antes de morir fue una *plaquette* titulada *Mensaje*, una historia esotérica de Portugal. Murió el 30 de noviembre de 1935 en el hospital de São Luís dos Franceses de Lisboa, debido a una crisis hepática, probablemente causada por el abuso del alcohol.

Álvaro de Campos

Álvaro de Campos nació en Tavira, en el Algarve, el 15 de octubre de 1890. Se licenció en Glasgow en ingeniería naval. Vivió en Lisboa sin ejercer su profesión. Hizo un viaje a Oriente, en transatlántico, al que dedicó la composición *Opiario*. Fue decadente, futurista, vanguardista, nihilista. En 1928 escribió la poesía más hermosa del siglo, *Tabaquería*. Conoció un amor homosexual y se introdujo de tal manera en la vida de Pessoa que arruinó su noviazgo con Ophélia. Alto, con el cabello negro y liso y la raya a un lado, impecable y algo snob, con su monóculo, Campos fue el típico representante de cierta vanguardia de la época, burgués y antiburgués, refinado y provocador, impulsivo, neurótico y angustiado. Murió en Lisboa el 30 de noviembre de 1935, día y año de la muerte de Pessoa.

Alberto Caeiro

Alberto Caeiro da Silva, maestro de Fernando Pessoa y de todos los heterónimos, nació en Lisboa en 1889 y murió en provincias en 1915, tuberculoso como el padre de Pessoa. Pasó su breve vida en una aldea del Ribatejo, en casa de una tía abuela a donde se había retirado debido a su precaria salud. No hay mucho que decir acerca de la biografía de este hombre solitario y contemplativo que llevó una existencia alejada de todo bullicio. Pessoa lo describe como un hombre rubio, pálido, con los ojos azules, de estatura media. Escribió poesías aparentemente elegíacas e ingenuas. En realidad, Caeiro es un ojo que mira, un predecesor de la fenomenología que habría de surgir en Europa algunos decenios más tarde.

Ricardo Reis

Ricardo Reis nació en Oporto el 19 de septiembre de 1887 y se educó en un colegio de jesuitas. Era médico, pero no sabemos si llegó a ejercer su profesión para vivir. Tras la instauración de la República portuguesa, se retiró exiliado a Brasil debido a sus ideas monárquicas. Fue un poeta sensista, materialista y clásico. Recibió el influjo de Walter Pater y del clasicismo abstracto y distante que fascinó a algunos naturalistas y científicos anglosajones de finales de siglo.

Bernardo Soares

No conocemos ni la fecha de su nacimiento ni la de su muerte. Llevó una vida modestísima. Era «ayudante de contabilidad» en la ciudad de Lisboa, en una empresa de exportación e importación de tejidos. Soñó siempre con Samarcanda. Es el autor de un diario lírico y metafísico que tituló *Libro del desasosiego*. Pessoa lo conoció en una pequeña casa de comidas que se llamaba «Pessoa», y en aquellas mesas, cenando, Bernardo Soares le contó su proyecto literario y sus sueños.

António Mora

En la clínica psiquiátrica de Cascais acabó sus días el filósofo António Mora, autor de aquel *Retorno de los dioses* que hubiera debido constituir el libro capital del neopaganismo portugués. Pessoa conoció a António Mora precisamente en la clínica psiquiátrica de Cascais. Alto, imponente, de mirada viva y barba blanca, António Mora recitó a Pessoa el principio del lamento de Prometeo de la tragedia de Esquilo. Y fue en aquella circunstancia cuando el viejo filósofo confió a Pessoa sus manuscritos.

Índice

De Fernando Pessoa, protagonista de *Los últimos tres días de Fernando Pessoa,* Alianza Editorial tiene publicados en su colección «Alianza Tres» un volumen de *Poesía* (número 107) y una antología de sus escritos *Sobre literatura y arte* (número 157), y en su colección «El Libro de Bolsillo» el volumen de relatos titulado *El banquero anarquista y otros cuentos de raciocinio* (LB 1158) y una *Antología de Álvaro de Campos* (LB 1229).